セレクション
韓・詩
01

引き出しに夕方をしまっておいた

ハン・ガン
きむふな
斎藤真理子 訳

I PUT THE EVENING IN THE DRAWER

Originally published in Korea by Moonji Publishing Co.,Ltd.

The Japanese edition published by arrangement
with the author c/o Rogers, Coleridge
and White Ltd., through Tuttle-Mori Agency, Inc., Tokyo.

This book is published under the support of
Literature Translation Institute of Korea (LTI Korea).

詩人のことば

ある夜は透明だった。
（ある明け方がそうであったように）
炎の中に
まるい静寂があった。

二〇一三年十一月
ハン・ガン

目次

一部　明け方に聞いた歌

二部　解剖劇場

三部　夜の葉

四部 鏡のむこうの冬

五部　真っ暗なともしびの家

一部

明け方に聞いた歌

ある夕方遅く　私は

ある
夕方遅く　私は
白い茶碗に盛ったごはんから
湯気が上るのを　見ていた
そのとき　気づいた
何かが永遠に過ぎ去ってしまったと
今も永遠に
過ぎ去っているところだと

ごはんを食べなくちゃ

私はごはんを食べた

明け方に聞いた歌

春の光と
にじむ闇
そのすきまから
半分くらい死んだ魂が
射し込んできて
私は唇を閉じる
春は春

息は息

魂は魂

私は唇を閉じる

どこまで滲んでいく？

どこまで染み込んでくる？

待ってみよう

すきまが閉ざされたら　唇を開こう

舌が溶けたら

唇を開こう
そのときに
二度はないかもしれないそのときに

心臓というもの

そこから消えた単語を　覗き込んでみる

　かすかに残った　線の一部
「
または」の曲がったところ
消える前にもう
空いていたすきまたち

そういうところに私は入り込みたい
肩を内側に巻き込んで
腰をたたんで
膝を曲げて足首をぐっと縮めて

心はいつもかすかになりたくて
でも、何かを　かすかにすることはなくて

まだ消えきっていないナイフは
私の唇を長く切り裂き

もっと暗いところを探して
丸く後ずさりしていく　私の舌は

マーク・ロスコ*と私——二月の死

あらかじめ断っておくようなことでもないが
マーク・ロスコと私は何のゆかりもない

彼は一九〇三年九月二十五日に生まれて
一九七〇年二月二十五日に死に
私は一九七〇年十一月二十七日に生まれて
まだ生きている
彼の死と私の出生の間に引かれた線について
九か月余りの時間について
ただ
ときおり考える

アトリエのキッチンで

彼がナイフで両手首を切った明け方
をふくむ何日かの間に
私の両親は情を交わし
まもなく
一点の命が
あたたかい子宮に宿ったのだろう
冬の終わりのニューヨークの墓地で
彼の体がまだ朽ちていないときに

それは不思議なことではなく
寂しいこと

私はまだ心臓も動いていない
一個の点で
言葉もわからず
光もわからず

涙もわからず
薄赤い子宮の中に
宿っていただろう

死と命の間にできた
裂け目のような二月が
踏んばりに
踏んばって　やがて癒えていくころ
半ば溶けたためにもっと　もっと冷たい土の中で
彼の手がまだ朽ちていなかったころ

[訳注*]　マーク・ロスコ（一九〇三～一九七〇）はロシア系ユダヤ人のアメリカの画家。カラーフィールド・ペインティングの先駆者で、戦後アメリカのもっとも有名な美術家の一人。

マーク・ロスコと私 2

ひとりの人間の霊魂を切り裂いて
中を見せてくれたら　こうなのだろう
それで
血の匂いがするのだ
筆ではなくスポンジで塗りつけた
永遠に滲んでいく絵の具の中から
静かな　赤い
魂の血の匂い

このようにして止まるのだ
記憶が
予感が
羅針盤が

私が
私であることも

染み込んでくるもの
滲んでくるもの

触ることのできる　波のように
私の毛細血管の中へ
あなたの血が

闇と光の
間に

どんな音も
光線も届かない
深海の夜

千年前に爆発した
星雲のかたわらの
古い夜に

染み込んでくるもの
滲んでくるもの

血まみれの夜を
抱いていても　浮かび上がるもの

たった今
稲妻が走る雲を
通り抜けてきた鳥のように

私の毛細血管の中へ
あなたの魂の血が

車椅子のダンス

涙は
もう習慣になりました
だけど　それが
僕を完全に飲み込んだわけではありません

悪夢も
もう習慣になりました
一本一本　全身の血管へと
燃え広がる　不眠の夜も
僕を完全に打ちのめすことはできません

見てください
僕は踊っているんです

燃え上がる車椅子の上で
肩を揺らしています
ああ、こんなに激烈に

どんな魔法も
秘密もありません
ただ、何ものも僕を
完全に破壊できなかっただけ

どんな地獄も
罵倒や
墓
あの恐ろしく冷たい
みぞれも、刃のような
ひょうの粒も
最後の僕を　打ち砕けなかっただけ

見てください
僕は歌っています
おお、激烈に
火を噴く車椅子
車椅子のダンス

カン・ウォルレ*の公演に寄せて

［訳注*］カン・ウォルレ（一九六九〜）はダンサー、歌手。一九九六年からダンスデュオCLONとして活動、高い評価を受けていたが、人気絶頂だった二〇〇〇年にオートバイ事故で重傷を負い、一命はとりとめたが下半身麻痺が残った。その後粘り強くリハビリを続け、車椅子ダンスで二〇〇五年にカムバックを果たした。

明け方に聞いた歌 2

いつも木は私のかたわらで
空と
私をつなげてくれて　そこの
梢の
小枝の
葉っぱの　そこ
私がいちばん弱いときも

私の心が
ぼろきれに、
ずたずたのぼろきれになったときも
私が見つめるより前に
私を見つめる
血管が黒く干上がっていく前に
その青い唇を開き。

明け方に聞いた歌 3

私は今
咲かなくてもいいつぼみ、または
もう花びらを落とした
花軸
こうやって一つの季節が流れ去ってもいい

ある人は
首を吊ったといい
ある人は
自分の名を忘れたそうだ
そうやって一つの季節が流れ去ってもいい

明け方は

青く
うっすら白く見える木々は
中までは凍っていない

私が顔を上げ
冷たい火だるまのような太陽が
空に線を引いて通り過ぎるまで
二つの目が洗われることはない

ふたたび
耐えがたい
月が昇る

ふたたび
癒えた傷口が
裂ける

こうやって　一つの季節
もっと血を流してもいい

夜の対話

死が振り向いて挨拶する。
「お前は飲み込まれるだろう」
黒い長い影が私の首筋に刻み込まれる。

いいえ、
私は飲み込まれたりしない。

この運命のチェスの試合を
長びかせるつもりだから、
日は暮れて　夜の暗さが
もっと深まり
青くなるまで

舌を濡らすよ
匂いを嗅ぐよ
幾重もの夜の音を聞き
幾重もの夜の色彩を読み
あなたの耳元で歌うよ

低く、この上なく、
この上なくやさしく。
その歌に酔いしれたあなたが
私の膝で
眠るまで。

死は振り向いて挨拶する。
「お前は飲み込まれるだろう」
黒い影　青黒い影
青黒い

影

『第七の封印』*に寄せて

［訳注＊］『第七の封印』はイングマール・ベルイマン監督（一九一八〜二〇〇七）が一九五七年に制作したスウェーデン映画。ペストが蔓延する十四世紀のヨーロッパで十字軍の遠征から帰途についた騎士は、彼を追ってきた死神に自らの命を賭けたチェスの勝負を挑む。神の存在の是非や信仰の在り方、死について問うた寓話的な作品。

サーカスの女

赤い長い布で
裸の体を縛り上げ
宙にぶら下がっている女を見た

お墓の天井には青い青い星たち
殉葬された私たちが目を光らせて
ぱっと
あなたの体に巻かれた布をほどくたび
ぼた
ぼたと
命の落ちる音

心配しないで

私は九個の命を持っている
十九個かも、九十九個かもしれない

九十八回死んでまた目を開けるとき
胎児のように曲げた腰を反らして
もう一回、すばやく落ちてやる

もっとぴーんと伸ばさなくては、
赤い布が巻かれた脚を

折れた足首を
虚空へすっくりと伸ばそう

目隠ししたピエロが投げ上げる
色とりどりのボールのように
だんだん早くなるか、

永遠に逃すか

ぼた
ぼたと
どこかで弔いの儀式の音がする
泣き叫ぶ声が
聞こえたら迎えに行こう
もう少し、
もう少し下の方へと

青い石

十年前　夢で見た
青い石
まだあの川にあるだろうか

私は死んでいて
死んで春の川辺を歩いていたのに
ああ、死んで嬉しかったのに
眩しかったのに　綿のように
軽かったのに

透明な流れの下
白くて丸い
小石を見た

何てきれいなの
ひとつ、ふたつ、みっつ

あそこにあったよね
うっすら青くて　ほんとに静かな
その石

思わず手を伸ばして拾いたかった
そのとき　気づいた
そのためには　もう一度生きなくちゃいけないということに
そのとき　初めて　辛かった
そのためには　もう一度生きなくちゃいけないということが

目が覚めた、
深夜だった、
夢で流した涙はまだ温かかった

十年前　夢で見た青い石

今まで　拾ったことはあっただろうか
逃したこともあっただろうか
永遠に失くしてしまったこともあるだろう
明け方の浅い眠りの中に染み込んでいた
その青い影だったのだろうか

十年前　夢で見た
青い石

あの輝いていた川に
戻って覗いてみたら
まだ
瞳のように静かに　あそこにあるだろうか

涙がやってくるとき　私の体は空っぽの甕になる

街の真ん中で顔を覆って泣いてみた
信じられなかった、まだ涙が残っていたなんて

涙がやってくるとき　私の体は空っぽの甕になる
立ち尽くして待っていた、いっぱいになるときを

わからない、どれだけの人が私を通り過ぎたのか
街から街へ、路地から路地へと流れていったのか

だれかが私の体に触れたら驚いただろう
だれかが耳を傾けたら驚いただろう
黒い水音が響いただろうから
深い水音が響いただろうから

丸く
もっと丸く
波紋が広がっただろうから

信じられなかった、まだ涙が残っていたなんて
知らなかった、もう何も怖くないなんて

街の真ん中を　ひとりで歩いているときだった
そうして永遠に死んだの、私の胸の中であなたは

街の真ん中を　ひとりで歩いているときだった
そうしてふたたび目を覚ました、私の胸で　命は

二〇〇五年五月三十日、済州島《チェジュド》の春の海は陽射しが半分。魚のうろこのような風は私の体に強く塩気を吹きかけ、これからのあなたの生はおまけだと

幼い鳥が飛んでいくのを見た
涙がまだ乾いていなかった

二部

解剖劇場

静かな日々

辛い日

塀の下で
白い石を見た

時間をかけて汚れてきた
指の二ふしぐらいの
まだ丸くなりきってない石

いいね　あなたは
命がなくて

いくら覗き込んでも

見つめ返す目がない

たそがれの　血を流す太陽が
あなたを明るく縁どっていて
私は手を伸ばさなかった
何にも

辛い日

帰り道で

消えていく道で
しゃがみ込み

手を伸ばさなかった

暗くなる前に

暗くなる前に
その言葉を聞いた。

暗くなるよって。
もっと暗くなるよって。

地獄のように乾ききったまぶたを
あなたは影でこすることすらせずに
私の目を見つめた、
私の目も
乾ききった地獄であるみたいに。

暗くなるよって。

もっと暗くなるよって。

（怖かった。）

怖くなかった。

解剖劇場*

骸骨がひとつ
墓石に寄りかかって立ち
墓石の上に置かれた他の骸骨の額に
手をのせている

繊細な
細かい骨でできた手
あんなにも気をつけて
きちんと広げられた手

眼球のない空っぽの二つの目が
眼球のない空っぽの目を覗き込む

（私たちには見つめ合う目がないもの。）
（だいじょうぶ、もう少しこのままでいよう。）

［原注＊］十六世紀、現在のベルギー・ブリュッセルに生まれ、イタリアで活動した解剖学者アンドレアス・ヴェサリウスの本『ファブリカ』の扉絵より。彼は数年間の急進的な解剖研究の末、人間の骨と臓器、筋肉などの精巧な細部についての木版画を制作した。同書には独特な構図の骸骨の絵が掲載されている。

解剖劇場 2

私に
舌と唇がある。
そのことに耐えられないときがある。

耐えられない、私が

アンニョン、
と言い
どう思いますか、
と言い
本当です、
と答えるとき

くねくねと曲がった舌が
私の口蓋に
すべすべの歯の裏側に
くっつくとき
くっついては離れるとき

†

だから私が言いたいのは、

アンニョン。

どう思いますか。

本心だよ。

後悔している。

もう何も信じていない。

†

私に
心臓がある、
痛みを知らない
冷たい髪の毛と爪がある。

そのことに耐えられないときがある

私に赤いものがある、と
耐えながら言う
一秒ごとにすぼんではぱっと開かれるもの、

一秒ごとに一握りの温かい血を噴き出すものがある

†

何年か前に挫いた足首に
新しい炎症が起きて
歩くたびに静かに燃えるときがある

それよりも前に
交通事故で怪我した膝が
床板のように軋むときがある

それよりもっと前に砕けた手首が
指の関節たちが
やさしく
苦痛に満ちた声をかけてくる

†

でも　春の終わりのある午後に
青黒いレントゲン写真に映った私は
さほど背の高くない骸骨

肉がないから
もちろん痩せていて
逆三角形の骨盤の中はがらんとしている
尾骨の上の軟骨ひとつが
三日月のようにきれいに、少しすり減っている

腐らず、
永遠にとどまっている
繊細な、小さな骨たち

がらんどうの鼻孔と瞳孔が
私の顔をじっと見つめている
舌も唇もない
赤いものもない、熱いものもないままで

†

体の中にきれいに溜まっていたものが
照りつけられて干上がる日が続く
べたべたしたものも
悲痛なものも
一緒にからからと乾き　軽くなる日

かろうじて温かい私の肉体を
メスで裂いても
うごめくものなど見つからないだろう

ただ　太陽のある方へ向かって目を閉じて
橙色の空に
生命、生命と書かなければならない日

舌がないから
消えることもないその言葉を

血を流す目

私は血を流す目を持っている。

他に何を持ったことがあるのかは
もう忘れた。

甘いものはない。
苦いものもない。
やわらかいもの、
脈打つもの、
そっと心臓をこするもの

つい忘れてしまった、なぜだろう
もうこの先へ行くすべがない。

すべてが赤く見えたりはしない、ただ
すべての静まり返ったものを信じない、呻き声は
省略することにしよう

卵膜のような薄いまぶたを
目にかぶせて休むとき

そのとき　自分の頬を愛したりはしない。
唇を、汚れた鼻溝を愛したりはしない。

私は血を流す目を持っている。

血を流す目 2

八歳になった子に
アメリカインディアン式に名前をつけてと頼んでみた

しんしん降る　悲しい雪

これが　子どもがつけてくれた私の名前

（自分の名前は「きらきらの森」だそう）

それからというもの　夜が更けて目を閉じるたび
まぶたの外で
六角形の雪が降ったけれど
それを見ることはできなかった

見えるのは
血の水面

しんしんと降る雪の中で
目を閉じて横になっていた

血を流す目　3

許されるなら苦痛について話したい

初夏の川辺
揺れ動く大きな柳の木を見上げていて
その魂の周波数に合わせようとして
私の魂が割れていると気づいた瞬間について

(本当に)　許されるなら聞いてみたい

そんなに割れていても
私は生きていて

肌はやわらかく

歯は白く
髪はまだ黒く

冷たいタイルの床に
ひざまずいて
信じていない神について考えるとき
助けて、という言葉がかすかに光る理由を

目から流れ出たねばつくものは
どうして血ではなく水だったのか

割れた唇

暗闇の中の舌

（まだ）真っ暗にふくらんでいる肺で

さらに聞いてみたい
許されるなら、
（本当に）
許されないのなら、
いいえ、

血を流す目　4

この薄暗い夜を開いて
世界の裏側に入ってみると
すべてのものが
背を向けている

静かに背を向けた後ろ姿の方が
むしろ私には耐えられそうで
できるだけ長く
ここに座っていたいけれど

光といっては
ここに差し込んで閉じ込められた光だけ

悲しみといっては
流れ去ってしまった痕だけ
静かな私の目には
何かが刺さった痕だけ
血の影だけ
流れるままに
灰となる
黒いものの

夜の素描

ある夜は血だらけだ
（ある夜明けがそうであるように）
ときには　私たちの目が白黒のレンズだったらいいのに

黒と白
その間にある数えきれない陰影に沿って
闇は薄い襤褸《らんる》を一枚一枚まとい

街灯を避けて歩いてくる人の
平和も、
長い地獄も

ぼやけて似通った表情として読まれるように

街灯は白く

街灯の笠の外は沈黙の灰色であるように

彼の目を濡らしたものは

静かに、黒く流れるように

静かな日々　2

雨が吹き込む前に
ベランダの窓を閉めに行った

（さわらないで）

動こうと　体を殻から出しながらカタツムリが言った

半透明でねばねばの
しみを残して少しだけ進んだ

少し進もうと　ぐにゃぐにゃの体を　殻から
少し進もうと　出して　鋭利な
アルミサッシの間を

刺さないで
踏まないで
ほんの一秒で
つぶさないで
（でもかまわないんだ、刺されても壊されても）
そうやって　もう少しだけ
進んでいった

夜の素描 2

首と肩の間に
氷が張る。
それが割れるのを見つめている。

闇が　もっと
暗くなる

手探りでドアを探す人を
指先に感じるけれど　わからない
その人が
出ていこうとしているのか

（どこかに）入ろうとしているのかが

夜の素描 3——窓ガラス

窓ガラス、
氷の紙を通過して
静かな夜が流れ込む

赤いものがひとつもなくて　暮れていく夜

前の家の庭の
裸木に結んだ物干しロープで
紺色の学生用コートがときおりはためく

（こんな夜
私の心臓は引き出しの中にあって）

窓ガラス、
沈黙する氷の白い紙

唇を開けようとして私は
密封の固さを
学ぶ

三部

夜の葉

夏の日は過ぎゆく

黒い服を着た友人を一瞥して　出棺前に帰っていく朝　車窓の外では夏の終わりの木々が陽射しの中に立っていた　木々は私がそこを通ったことを知らないだろう　今　私がその中のたった一本すら思い出すことができないように　その葉の一枚が身を翻すところさえ見られなかったように　そうだったね　私たちの出会いは短かすぎた　うう　と身を震わせて泣いてみても　すきまがなかった　入り込める気孔がなかった　声を殺して両手を差しのべても　ふと驚いて　その手に向かって振り向いたとしても

夜の葉

うっすら青い
闇の中にうずくまっていた
夜を待っていると思っていたのに
やってきたのは朝だった

百年くらい
時が経ったようだったのに
私の体は
大きな甕のように　深さを増したのに

舌と唇のことを思い出して
私は後悔した

わかる気がするの

立ち上がったらまた百年ほども
陽射しの中を歩かなければならない
そこに　夜の葉
別の色になって身を翻す　黒々と
沈んでいく

ヒョへ——二〇〇二年冬

海がぼくに　来なかったよ。
怯えた表情で
子どもが言った
押し寄せてくるから、遠くから
押し寄せてくるから
私たちの体を通り過ぎて　もっともっと
満ちていくって思ったんだね

海があなたのところに来なかったの
でも　また押し寄せてくるときは
また　果てしないものみたいに感じるはずだよ
私の脚に抱きついてその後ろに隠れるでしょうね
まるで私が

どんなものからでも
海からでさえ　あなたを
守ってあげられるみたいに

咳が深くて
食べたものを吐き出し
涙を流しながら
ママ、ママと呼んでいたときのように
まるで私に
それを止める力があるみたいに

でも　やがて
あなたにもわかるでしょう
私にできるのは
記憶することだけだって
あのきらめく巨大な流れと

時間と
成長、
執拗に消えては
新たに生まれてくるものの前で
私たちが一緒にいたということ

色とりどりの粒々のような瞬間を
一緒に抱いていた時代の隠密さを
最初から砂で建てた
この体に刻んでおくだけだってこと

だいじょうぶ
まだ海は来ないから
私たちをさらっていくまで
私たちはこうして並んで立っているから
白い石と貝殻をもっと拾えるから

波に濡れた靴を乾かすから
ざらざらする砂をはたいて
ときには
座り込んで　汚れた手で
目を拭いたりしながら

だいじょうぶ

産まれて二か月経ったころ
子どもは毎晩泣いていた
おなかが空いたからでもなく　どこか
具合が悪いからでもなく
何の理由もなく
夕暮れから晩までの三時間ずっと

この　泡のような子が消えてしまいそうで
私は両腕に抱きしめ
家の中を何度も歩きながら聞いた
どうしたの。
どうしたの。
どうしたの。

私の涙がこぼれ落ちて
子どもの涙に混じることもあった

そんなある日
ふと言ってみた
だれが教えてくれたわけでもないが
だいじょぶ。
もうだいじょぶよ。

嘘のように
子どもが泣きやみはしなかったけど
落ち着いたのは　むしろ
私の涙だったけど、ただの
偶然だったろうけど
何日かして　子どもの黄昏泣きが止まった

三十歳を過ぎてようやくわかった
私の中のあなたがすすり泣くとき
どうすればいいのかが
泣き叫ぶ子どもの顔を覗き込むように
塩辛い泡のような涙に向かって
だいじょうぶ

どうしたの、ではなく
だいじょぶ。
もうだいじょうぶよ。

自画像——二〇〇〇年冬

楚の国にある男がいた
長安に行こうと馬と馬方《うまかた》と馬車を買った
旅に出る男に人々が言った
そなた、
それは長安に行く道ではありませぬ
男が答えた
何を言うのです
馬は健脚、馬方は手練れです
精魂込めて作った馬車があり
旅費も充分
心配召さるな、私は
長安に行ける

歳月が経ち
暮れ方の砂漠に
食べるものなく金も尽き
馬方は逃げ
馬は死にまたは病み
ひとり砂に足をとられた
男がいる

渇いた喉に
ざらつく砂、
引き返そうにも　足跡は
道を吹きすぎる風に消されて久しく
執念も意地も闘志も
いかなる激しさやすさまじい
忍耐も
男を長安へ連れて行くことはできない

楚の国の男、
眩んだ目
病んだ体で　永遠に
長安に行けない

回復期の歌

今となっては
生きていくとは何だろう
そんな問いと一緒に横になっていると
顔に
陽射しが降りてきた

陽が通り過ぎるまで
目を閉じていた
そうっと

そのとき

人生との最も激しい肉迫戦を戦っていると思っていたとき、私が喘ぎながらクリンチしていたのは幻影だった　幻影も大粒の汗を流していた　私のまぶたに、腹の上に、青い痣ができた
けれど今　初めて人生の一つの袂《たもと》を握りしめたとき、その握力だけで私の手の骨は砕けた

ふたたび、回復期の歌——二〇〇八年

銀色の尾翼が光る
飛行機が飛んで行くのを見る
右手の山の後ろから現れて
うろこ雲の中へと消える

しばらくすると
別の銀色の尾翼が光る飛行機が
同じ線を引いて消える

ごうごうと
真っ青に

燃えさかる空
の　目の中の

ある言葉、
ある誓いのように滑空して
消えたものたち

固いこぶしをポケットに隠し
私はそれらを舌の裏に刻む

閉じた目の外は橙色、
私の体より熱い橙色

私を引いて行ったものたち

切れた舌の下に生臭く溜まったものたち

（静かに、
恐ろしいスピードで）
自分で痕跡を消したものたち

心臓というもの 2

今日は

声を開きませんでした。

壁に映る微かな光

または影

そんな何かになったと思えたので。

死ぬというのは

とうとうモノになれるという　とてつもないこと

それがなぜ苦痛なのか
知りたかったのです。

夜の素描 4

忘れていない
私が持っているすべての生き生きとしたものは
砕けるものたち

砕ける舌と唇、
温かい二つのこぶし

砕ける澄んだ二つの目で

とりわけ大きなひとひらの雪が
黒い水溜りの薄氷に降り立つのを見つめる

何かが
光る

光るときまで

いくつかの物語6

どこにいるの。あなたに声をかけたくて来たんだよ。私の声、聞こえているの。人生を賭けるんじゃなくて、心を、心を、懸けに来たの。夕闇がたれこめるたびに冬の木々は白く冷たい骨をまっすぐに伸ばしているみたいに見える。知っている？　すべての苛酷さは長く続くから苛酷なんだって。

いくつかの物語 12

ある種の悲しみは水気がなくて固くて、どんな刃でも研磨できない原石のようだ。

翼

その高速道路の番号は知らない
アイオワからシカゴへ行く高速道路の路肩で
一羽の鳥が死んでいる
風が吹くとき
巨大な車が雷のような音を立てて通るとき
葉っぱのような翼が静かにはためく
十マイルほど走ったところで
私を乗せたバスが雨に濡れはじめる

その翼が濡れている

四部

鏡のむこうの冬

鏡のむこうの冬

一

炎の瞳を覗いてみる

青みがかった
心臓の
形をした目

いちばん熱く　明るいのは
それを囲んでいる
橙色の内炎

いちばん揺れているのは

さらにそれを囲んだ
半透明の外炎

明日の朝は私が
いちばん遠くの都市に行く朝

今朝は
炎の青い目が
私の目の奥を覗いている

二

今　私の都市は春の朝です　地球の核を通過すれば、揺らぐことなく中心を貫通すれば　その都市に出られるのですが　そことの時差はちょうど十二時間　季節はちょうど半年後　だからその都市は今　秋の夕方　だれかがそっと後を追うように　その都市が私の都市の後を追ってくるのですが　夜を渡るため冬を渡るために　静かに待っているのです　だれかがそっと追い越すように　私の都市がその都市を追い越していく間も

三

鏡の中で冬が待っていた

寒いところ

とても寒いところ

あまりに寒くて
ものたちは震えることもできない
（凍っていた）あなたの顔は
砕けることもできない

私は手を伸ばさない
あなたも
手を差しのべるのが嫌いでしょう

寒いところ

ずっとずっと　寒いところ

あまりに寒くて
瞳たちは揺れることもできない
まぶたたちは
（一緒に）閉じる閉じ方がわからない

鏡の中で
冬が待っていて

鏡の中で
あなたの目を私は避けることができず
あなたは手を差しのべるのが嫌いでしょう

四

まる一日飛行するんだと言っていた
二十四時間をぎゅっぎゅっとたたんで口に放り込み
鏡の中へ入るのだと
その都市の宿に荷物をおろしたら
時間をかけて顔を洗おう
この都市の苦痛がそっと先に行ったら

私は静かについていき

しばらくあなたが覗き込むことのない
鏡の冷たい裏面に背中をつけて
何でもいいから口ずさもう

二十四時間をぎゅっぎゅっとたたんで
ひりひりする舌で押して吐き出したあなたが
引き返してきて私を見つめるまで

五

私の目は二本のちびた蠟燭　つうーっと蠟を落としながら芯を燃やしています　それが熱くも痛くもないのです　青い炎心が揺れるのは魂たちが来ている印といいますが　魂が私の目にとまって揺れているのですが　何か口ずさんでいるのですが　遠くで揺らめく外炎は　もっ

と遠ざかるために揺れており　明日あなたは最も遠い都市へと発つのですが　私はここで燃え上がっていて　あなたはもう宙にある墓の中に手を入れて待っている　記憶が蛇のようにあなたの指を噛むけれどあなたは熱くも痛くもなくて　びくとも揺らがぬあなたの顔は燃えもせず砕けもせず、

鏡のむこうの冬 2

明け方
だれかが私に言った

つまり、人生には何の意味もないんだ
残っているのは光を投げることだけだと

悪い夢から目が覚めると
もう一重、悪い夢が待っていたころ

ある夢は良心のように
何かの宿題のように
こめかみあたりにひっかかっていた

光を
投げるというのなら

光は
ボールのようなものだろうか

どっちへ腕を伸ばし
どんなふうに投げるのだろう

どれほど遠くに、または近くに

宿題が解けないまま何年か経った
ときおり
両手でやっとかき集めた
光のボールを覗いてみた

それは温かかったかもしれないが
冷たかったり
透明だったかもしれないが

指の間からこぼれ落ちたり
白く蒸発したのかもしれないが

今　私は
鏡のむこうの正午へとふっと入り込み
鏡の外の青くて黒い午前零時を記憶するように
その夢を記憶する

鏡のむこうの冬 3――Jへ

静かに
滑り降りていた
どこに入っていくのかもわからないまま
もっと滑っていったとき

久しぶりに会った友人が言った　ねえ、最近はずいぶん早く歩くんだね　学生時代のあなたはうんと早く歩くか　うんとゆっくり歩く子で　卒業してしばらく　私がとてもゆっくり歩いていたころ　あなたに会いたかったのは　あなたがうんとゆっくり歩く子だったからで　あのころもしも偶然あなたに会えたら　うんと早く歩いているといいなと私は思ってたの　あなたがうんとゆっくり歩く体で　うんと早く私の方へ歩いてきてくれるだろうから　私が本当に偶然あなたと道で会ったとき　あなたは実際そんなふうに早く歩いてきて　私はとてもゆっ

くり、ほとんど止まってるみたいに歩いていて　あなたが私の名前を
呼んだ瞬間　私は唇がゆがんでしまい　それは泣くためじゃなかった
のに　それでも私は涙ぐんでいた　それは単に私がうんとゆっくり歩
いていたためで　あなたはただ　うんと早歩きな人の腕で私をさっと
抱きしめてくれて　私はそれが忘れられなかったのに　ある日私が尋
ねたら　あなたはその日のことを覚えていないと言ったから　そのと
き私は思ったの　それはあなたがうんと、うんと早く歩いてたころだっ
たからだろうなって

何でこんなに寒いのかな、
あなたが笑いながらそう言った
ここは
ずいぶん寒いんだね。

鏡のむこうの冬　4——皆既日食

考えてみたかった
（まだ血だらけのままで）

太陽の四百倍小さい月が
太陽の四百倍地球に近いから
月の円が
太陽の円とぴったりと重なるという奇跡について

黒いコートの袖に落ちた雪の正六角形、
一秒
またはもっと短く
その結晶の形を見守る時間について

私の都市が
鏡のむこうの都市と重なる時間
燃え上がる
赤い縁だけが残る時間

鏡のむこうの都市が
私の都市をしばし貫く
（熱い）その影

向かい合う二つの瞳が
お互いを丸く覆う瞬間
凝視を完全に消す瞬間

氷の静かな角

（まだ血だらけのままで）

短く凝視する冬
の外炎

鏡のむこうの冬 5

時計を合わせ直さなくてもいい、
時差はちょうど十二時間の
朝八時

からからからからと
旅行かばんを引いて
入院用のかばんでも
退院用のかばんでもないかばんを引いて

血痕もなく
傷跡もなく　かたかたかたかたと

夜の裏側に
入っていった

鏡のむこうの冬 6——重力の線

ものが落ちていく線、
虚空から地面へ
はっきりと

一個の点と
他の点を最も速くつなぐ
苛酷な　また残忍な、
直線

羽のあるもの、
六角形の雪
広い　はためく何か

でない限り　避けえない線

白人たちが建設した
白人たちの街を歩いていて、
完全な殺戮の記憶を馬のひづめで踏んでいる
ロカ*の銅像を見上げていて

鏡のこちら側と反対側の虐殺について考える私は

突き刺すような
死の直線について考える私は

ただの一か所に直線を隠し持つことさえできない
人の体のやわらかさと

ただ一度

完全に訪れるだろう
重力の直線について考える私は

神も
人間も信じない
あなたの沈黙を記憶する私は

［原注＊］ フリオ・アルヘンティーノ・ロカ（一八四三〜一九一四）は南米大陸の南部の先住民を絶滅させたアルゼンチンの軍人。

鏡のむこうの冬 7――午後の微笑

鏡の裏側の
デパートのフードコート

初老のくたびれた女が
鮮やかなブルーのブラウスを着て
二本めのビールを飲んでいる

発泡スチロールの皿に
ポテトフライがこんもり

ソースのビニール袋はちぎってある

ぎざぎざにちぎれたところに

甘くてねばっこいソースがついている
空ろな二つの目が私を見ている
あなたを攻撃するつもりはないよ
という暗号が
つり上げた口元に刻まれている
何十個もの汚いテーブルが
何十人もの疲れた買いもの客が
何百本もの熱々のポテトフライが
私を攻撃しようなんて思っちゃいけない
ぎざぎざにちぎれた

食欲を待ちながら、

鏡のむこうの冬 8

白杖をついて　目の見えない白髪の男二人が
前後に並び
靴と杖のリズムを合わせて歩いていた

前の男が
手探りで店のドアを開けて入ると
後ろの男は前の男の背中を
保護するように腕でかばって後から入った
微笑みを浮かべて
ガラスのドアを閉めた

鏡のむこうの冬 9——タンゴ劇場のフラメンコ

正面を見つめて足を踏み鳴らすこと

足首が揺らいでも、折れても
リズムが散っても、砕けても

顔は正面に向けること
両の目を燃え上がらせること

向き合えないものをまっすぐに睨むこと
つまり太陽、または死、
恐怖、または悲しみ

それらに勝つことさえできれば

心臓に風を吹き込んで
滑っていくこと、斜めに

(すすり泣くパンのように
楽器たちがふくらみ)

それらに勝つことさえできれば
あなたを手に入れることも、
殺すこともできると

重力に乗って斜めに、
もっと張りつめた斜線を滑っていくこと

鏡のむこうの冬 10

十五夜を少し過ぎた
月がよそよそしい。
生まれて一度も見たことのない形、
上の半円が
微妙に縮んでいて。

川に沿って歩いていた
私たちの中の一人が言う。
それはね　ここはとっても南だし
私たちの街はすごく北にあったのだから。

斜めに傾いた惑星の軸に沿って
あんなに遠くへ滑りおりてきたから
視線の角度に合わせて
月の上の面が縮んでいるのだと

手の平でぐっとつぶした塩の玉、または
凍らせた小麦粉の生地みたいな
（ほんの少し）平たい月

他の惑星の
他の月の
下を歩くように
私たちは　静かに、
（悲しまずに）

鏡のむこうの冬　11

雨の降る動物園
鉄柵に沿って歩いていた

子鹿たちが木陰で雨宿りをして遊んでいる間
少し離れて見守っている母鹿がいた
ちょうど　人間の母親が子どもにするように

まだ広場に雨がぱらついているとき
殺害された子どもたちの名前を刺繡した
白い手ぬぐいをかぶった女たちが
重い足取りで　行進していた

鏡のむこうの冬 12——夏の川辺、ソウル

夕暮れに
鳴いている鳥を見たの。
夕闇に濡れた木のベンチで鳴いていていて。

近くまで行っても逃げ出さず、
手が届くほど近づいても
飛んでいかなくて、

私は幻になったのかなと
ふと思った

何も傷つけることのない霊魂

のようなものに　とうとうなったのだろうか、と
それで話してみたの、夕暮れに
鳴いている鳥に

二十四時間をゆるく折って
帰ってきた私の
秘密を、（冷たく）
血を流している静寂を、氷が
溶けかけている喉で
私の目を見ずに鳴いている鳥に

五部

真っ暗なともしびの家

真っ暗なともしびの家

あの日　牛耳洞《ウイドン》には
みぞれが降り
魂の同志である私の肉体は
涙を流すたびに悪寒がしていた

行きなさい

ためらっているのか
何を夢見て立ち止まっているのか

花のように明かりを灯した二階建ての家々、
その下で私は苦痛を学び
まだ辿りついたことのない喜びの国へ

愚かにも手を伸ばした

行きなさい

何を夢見ているのか　もっと歩いていきなさい

街灯に宿った記憶に向かって　私は歩いていった
歩いていって見上げると　街灯の笠の内側は
真っ暗な家だった　真っ暗な
ともしびの家

空は暗かった　その闇の中から
留鳥《とどめどり》たちは
自分の重さを振り切って飛び立った
あのように飛ぶために　私は何回死ねばいいだろう
だれも私の手を握ってくれることはなかった

何の夢が美しかったのか
何の記憶が
そんなに輝かしかったのか

母の指先のようなみぞれ
私のもつれた眉毛を指で梳かし
凍った頬を殴りつけ　殴ったそこを
こんどは　撫でてくれて

さあ　行きなさいと

明け方

明け方に捧げる　私の
清潔な絶望を、
たった今唇を開けた私のうたを

洗った髪の毛を
脳天まで凍らせるような
零下の風、 風に捧げる　私の
洗い上げた耳と鼻と舌を

暗闇がざわめきながら鋪道を覆い
一度もこの街を離れられなかった留鳥たちが
今も自分の胸の羽毛にくちばしを埋めるときに

踏むのだ。急勾配の路地を
風を抱いて歩いていけば

いっせいに外灯が消える時間
薄氷がいちばん固くなる時間

薄明を避けて降り立つところは　みな
光ろうとしてもがくかけら、かけらたち

ああ　明け方、
夜どおし洗われ　やっと凍りついた
いつもそこで目を開けている悲しみ、
悲しみに捧げる　私の
生き生きした血管を、鼓動の音を

回想

何も残らなかった天と地に　それでも
残されたものがたくさんあった　その年の遅い春
散りぢりの　疲れた時間を踏みつけて
間違いなく窓は明るみ
まがまがしい夢は習慣のように
目覚めている時間を行き来した
歯を食いしばっても背中が冷え
悲鳴のように体が痛んでくるとき
粉末のような陽射しの前で　ただ
目を閉じたらおしまいであることを
留鳥たちは冬から　いえ　その前の冬から　いえ　いえ　その
　前の前の冬から
喉を枯らして鳴いていた

ときに降り　ときに晴れ　三度の食事はいつも同じだった　ああ
生きているのが巨大なお葬式に出ていることと同じなら
私たちに残されたものは何なのか　知りたかった
幼い弟のブラウン管の中ではいつものように銃弾と手榴弾で
誰かが泣き叫び　そんな中でも立派に
生き残ったヒーローたちは毅然として笑っていた
その年の春遅く　木々から飛び散っていたのは花粉ではなく
割れては刺さる希望の破片たちだった
すぼめた足の裏がときおり切れて血が流れても
封鎖された街で脱げた靴の片方はついに戻ってこなかった
天と地から押し流されてきた　望まなかった夢が　痣だらけの背
　中を踏みつけ
その空
その木
その陽射しの間で
私の中の干上がった川床はめりめりと音を立てて割れていった

すべてが残された天と地に
残ったものは何もなかった　その年の遅い春

無題

何か白っぽいものが浮かんでいる　一緒に歩いていく　流れていく
消えないねなかなか、振り切れない　しつこいやつだ　言葉が通じな
い　どんなに離れても離れられない　私は逃げる　もう逃げられない
ところまで、もう逃げられず振り向いて握りしめようとする　握りし
めることができない　両手を振り回す　握りしめることができない　け
れどもときおり
私がひとりで泣いていると
私の手相の線に沿って　静かに、
震えながらそこにいる

ある日、私の肉は

ある日　目を開けてみると
水のようだったり
その翌日に目を開けてみると塀だったりして　古い
コンクリートの内壁だったりして
埃が舞う春のバス停留所で
うずくまって吐くときには　ぼろぼろの
雑巾だったり
切れないポケットナイフの
刃だったり
帰ってきて横になる夜は一粒一粒が
泡をかぶった
鎮痛剤の糖衣だったり
ある日　目を開けるとまた水になり

生よ。もう一度私の血管の中へ
流れ込んできたりしながら

烏耳島《オイド》

私の若い日はみんなそこにあった
少しずつ沈んでいった二隻の木船、
名づけられない日々が一度に押し寄せてきて
私を飲み込むまで
放っておいた
あんなにもずっと問いかけていた言葉たちは浮漂《ブイ》となって浮かび
痛いほどに
流れは輝き
無数の答えを堤防に打ちつけてくれた波、
愛が大きすぎて
読み取れなくて　私の中には
熱すぎる血管たちが流れていた　日々よ、
はかなかった

日々よ
私が愚かだった日
暗い暗い日々はみんな　そこにあったね
あそこに流れついて　一緒に踊っていたね

序詩

ある日　運命が訪ねてきて
私に声をかけ
私があなたの運命なのだよ、
私のことが気に入ったかい、　と尋ねるなら
私は静かに彼を抱きしめて
ずっとそうしていることだろう。
涙を流すことになるのか、　心が
果てしなく穏やかになって
もう何も要らないと感じることになるのかどうかは
まだわからない。

あなたを、　ときおりあなたを感じることがあった、
と　話すことになるだろうか。

あなたを感じられないときも
いつもあなたと一緒だったことは知っている、
と。

いいえ、言葉は要らないだろう。
あなたは
みんな知っているだろうから。
私が言わなくても
私が何を愛し
何を悔いたのか
何を取り戻そうとして無駄な努力をし
最後まで執着したのか
しがみついて
目の見えない物乞いのように手探りし
ときには
あなたに背を向けようとしたのか

だから
あなたがある日私を訪ねてきて
ついにその顔を見せてくれるとき
その輪郭の間と間、
がっくりと窪んだまぶたと鼻筋の稜線に沿って
漂って
消えた陰と光を
長いこと見つめるだろう。
震える両手をのせるだろう。
そこ、
あなたの頬に、
汚れた頬に。

六月

だが　希望は病原菌のようだった
菜の花が満開だった裏道で
雨足が倒していった草たち、あの草たちの体を
起こすことができなくて
ひりひりと痛んだのは胸だけではなかった
足の裏だけではなかった
夜どおし痛んで情の移った胃でもなかった
何が私を歩かせたのか、何が
私の足に靴をはかせ
背中を押し
力なく倒れた私を
起こし　立たせたのか　噛もうとした
舌先をかばってくれたのか

揺らいでいたのは陽射しではなかった、
あの美しい山川、きらめく
流れでもなかった
何が私の中で病んでいるのか、何が最後まで
出ていかないのか　私の体は
宿主だから、病み果てるだけ病んだあとで
出ていくのか
足を止めれば
ふらつく私の足を大地につないでくれる
あなたたち、種子の揺れる花たちがいた
そこで咲いていた
生きていなさい、生きて
生きていると言いなさい
私は耳を塞いだが
耳から聞こえる声ではなかった　耳で
遮断できる歌では

なかった

ソウルの冬 12

ある日　ある日が来て
そのある日にあなたが来るなら
その日にあなたが愛となって来るのなら
私の胸はすっかり水色でしょう、あなたの愛が
私の胸に沈み
とても息さえ　できないでしょう
私があなたの呼吸になってあげる、あなたの墨色の唇に
幸せな息吹になってあげる、あなたがやってくるなら　愛よ、
やってくることができるなら
薄氷の張った私の頬にあなたが好きだった
川の音、
聞かせてあげよう

夜の素描 5

死んだとばかり思っていた
黒い木が茂っていくのを見つめていた
見つめている間に夜になり
黄緑色の目から血が流れ
暗闇に舌が浸り
消えかけていた光が
見えない刀で切っていく
（生きているから）
その根元に手を差しのべた

対談

回復の過程に導く詩の言葉

――訳者あとがきにかえて

韓国と「詩の時代」

斎藤真理子　一九八〇年代、韓国が「詩の時代」と言われていた頃、『新日本文学』の編集部が韓国文学やマダン劇（広場《マダン》でおこなわれる風刺的な伝統劇）、タルチュム（仮面劇）など韓国の民衆文化の紹介に力を入れていました。ちょうどNHKで「アンニョンハシムニカ　ハングル講座」が始まったりした頃で、東京の一角で、それとはまた違った視点で、韓国文化を深く掘り下げてみようとする人たちがいたのです。私はたまたま大学のサークルで韓国語を勉強していた関係で、卒業の翌年そこに参加することになるのですが、もともと詩は好きで読んでいました。

日本でも、例えば、五〇年代には各地で「サークル詩」の運動が盛り上がり、その中で多くの人が朝鮮戦争をテーマに取り上げるなど、詩を書く人も読む人も大勢いた時代がありました。大ざっぱにいって七〇年代までは硬派な詩もすごく読まれていたと思います。谷川雁や吉本隆明など、思想家、批評家が詩人でもあった時代ですね。すべて変わったのが八〇年代になってからで、急に世の中が明るくなって詩の時代からコピーライティングの時代になったという印象があります。

私は流行っているものが嫌いだったのでこの時代にもあいかわらず詩を読んでいて、日本のだけではなく翻訳されたものもいっぱい読んでいたんです。すばらしいと思う詩は世界中にあったけれども、その多くは過去の作品で、詩人はすでに亡くなっていることが多かった。でも、いまこの時代に新しい詩が書かれているという印象を持った地域があって、そのひとつが韓国、もうひとつがパレスチナでした。学生時代にも金洙暎《キムスヨン》[1]とか申庚《シンギョン》林《ニム》[2]などは読んでいたと思いますが、「第三世界文学」というくくりで紹介される文学の中で自分が心惹かれる詩人として、当時なら、韓国では金芝河《キムジハ》[3]や梁性佑《ヤンソンウ》[4]、金南柱《キムナムジュ》[5]、そしてパレスチナのマフムード・ダルウィーシュ[6]などがいました。韓国ではパレスチナの詩人の作品を集めた詩集も出ていて、すごいと思った記憶があります。

東京の三中堂という韓国語書籍の専門店に行くと韓国の詩の本が山のように並んでいて壮観でした。詩のアンソロジーもたくさんあったし、二、三十人の詩人の作品を集めたムック誌も次々に刊行されていました。

全斗煥《チョンドゥファン》[7]の軍事政権の言論弾圧がいちばん厳しかった時代ですけど、一九八五年に韓国で刊行されたアンソロジーには朴南喆《パクナムチョル》[8]の連作詩の中で「光州事件」[9]のことがちゃんと書かれています。「歳月よ、時間よ、歴史よ、そして光州よ」と。この一行を検閲でひっかけられるかというと、具体的なことを書いていないので、できなかったんでしょう。こんなふうにゲリラ的に発表された「抵抗詩」がかなりありましたね。

きむ　ふな　韓国ではある時代に新しい主張や発言をおこなうのは、小説ではなく詩が先でした。詩は文字の量が少なく、思いをそのまま表現することができるので速効性があります。散文の小説はまず作家がそれを内面化する必要がありますね。だから、書くにも読むにもある程度の時間と努力が必要になります。どうしても詩より遅れてしまいがちです。

斎藤　言論弾圧によって出版社も著者も住所を転々とするようなこともあったでしょうし、それを考えても詩集のほうが出しやすかったんじゃないでしょうか。活版印刷の時代だから小説より詩のほうが使用する活字が少なくて済みますし、組版や校正もしやすいから短期間で本を刊行することができます。机の前に座って長編小説をじっくり構想して書くことが困難だった時代に、小さな作品を作っては投げ、作っては投げる詩人たちがいて、それを受け止める読者がいた。詩は、そういう状況に非常に適した表現の武器だったとも言えます。
　ただ、韓国がずっと詩の時代だったのかはわかりません。植民地時代から六〇年代ぐらいまでの文学史を考えると、小説と詩の配分は日本とそれほど変わらないような気もしますが。
きむ　八〇年代、日本では詩が衰退してきたとしたら、韓国では詩集が百万部も売れたりする、詩のミリオンセラーの時期でした。七〇年代の詩だと、斎藤さんの話にも出た金芝河は反体制の詩を書いて死刑判決が下されたこともありますね。ほかに、鄭玄宗《チョンヒョンジョン》[10]や黄東奎《ファンドンギュ》[11]などは、抑圧された現実や産業化社会での疎外感などを実験的な方法で書いていました。どちらかというと知識層や大学生が主な読者で、八〇年代のミリオンセラーの詩とはちょっとちがうものです。クーデター後、約二十年も政権を掌握していた朴正熙《パクチョンヒ》[12]が殺されたあと、一九八〇年に光州事件が起こって、その後に大きな民主化運動が巻き起こりました。八〇年代の後半に運動が落ち着いてくると、小説では「後日談」が、詩では抒情的な作品が多くなりました。激動の時代を通過しながらできた傷を、そうした作品で癒されたいという思いが共有されていたのでしょう。

その頃大学生の人数が増えて、教養主義的なところもまだあったので、小説や詩を読む人も多かったですね。当時、二十代の私もそんな中のひとりでした。鄭浩承《チョンホスン》[13]の『ソウルのイエス』や李海仁《イヘイン》[14]というシスターの詩集などをよく読みました。いずれもものすごいベストセラーで、友人どうしでプレゼントし合ったりして。黄芝雨《ファンジウ》[15]や黄東奎、それから金初蕙《キムチョヘ》[16]、文貞姫《ムンジョンヒ》[17]、チェ・ヨンミ[18]のような女性詩人の作品も好きでした。あとは北朝鮮に行ったという理由だけで長いあいだ読むことができなかった「越北作家」の作品が解禁されたので、白石《ペクソク》[19]や鄭芝溶《チョンジヨン》[20]とかも。

斎藤　李海仁の詩は、詩人の茨木のり子が編集・翻訳した『韓国現代詩選』

（花神社、一九九〇）にも入っていましたよね。韓国にはキリスト教系の出版社から出ている宗教文学というジャンルも確固としてあります。『韓国現代詩選』には金芝河と李海仁が並んでいて、詩の選び方について範囲があまりにも広すぎるという意見もあったように思いますが、どちらの詩人も韓国文学のある面を表しているとは思います。

茨木さんがアンソロジーで選んだ韓国現代詩には、生活感情みたいなものが根底にあってイメージの飛躍がある作品が多いです。韓国の詩は、私の考えでは抒情詩の層が厚く、その抒情の質が理解しやすくて接近しやすい。ハン・ガンの詩もそうだと思います。私が韓国に留学していた一九九一年当時に、奇亨度《キヒョンド》[21]という若くして亡くなった人の詩集が非常によく読まれ、「三豊《サムプン》百貨店」（チョン・イヒョン）[22]などの小説にも出てきて、時代のシンボルだったと思いますが、私も好きでした。それから崔勝鎬《チェスンホ》[23]、崔勝子《チェスンジャ》[24]、姜恩喬《カンウンギョ》[25]、呉圭原《オギュウォン》[26]、黄東奎や文貞姫も好きでしたね。その後、鄭芝溶など古い時代の人のものをよく読むようになりました。

きむ　韓国では二〇二〇年代の現在でも言葉の持つ力、文学の持つ力を大事にしている人が多いような気がします。日本に比べると、詩人や小説家の言葉が重く受け止められている。それは、かれらが過去の時代からペンを持って戦ってきたことが影響しているのでしょう。形は変わったけど、それはいまも受け継がれていると思います。

斎藤　やはり韓国で詩が盛んに書かれ、読まれてきたのは、厳しい時代が続いたからということは絶対に言えると思います。植民地時代もそうですし、朝鮮戦争とその後の時代もそうです。定型詩ではなく、自由詩で、いま自分たちが思っていることを言葉にして分かち合うことを必要とした人たちの層が、歴史的にあったわけですよね。

教育と読書――韓国と日本のちがい

きむ　私が最初に詩を読んだのがいつなのか、まったく覚えていません。日本ではあまり聞きませんが、韓国では「童詩」というジャンルがあるんです。子どもの頃には童謡を歌い、童話のほかに「童詩」を読みました（ちなみにハン・ガンは子どものための、そして大人のための童話も書いています）。小学校の国語の教科書にはかならず「童詩」が掲載されていて、作文の時間には「童詩」も書かされました（笑）。

中学や高校にあがっても、教科書に載る小説と詩の作者の数はほぼ同じぐらいです。教科書には、小説だと作品全体を載せることが分量的に難しいですよね。それに比べると詩は全体を載せられるから、完全な文学作品を鑑賞できるという教育目的もあると思います。だから詩は特別なものではなくて、子どもの頃から慣れ親しんでいるものでした。のちにひとりで本屋に行けるようになると、とくに意識しなくても詩集を選ぶようになっていました。

韓国で詩が読まれるのは、よく韓国人は情感が強いからとか、伝統的に歌が好きだからとか言われますね。そういう傾向もあるかもしれないけど、やはり教育の影響も大きいかな、と。

斎藤　それは大きいかもしれない。ちょっと思ったのですが、日本の国語教育には大きな縛りがあります。小学校六年生まで学年別に習うよう決められた漢字の配当表があって、一年生の教科書で二年生や三年生で習う漢字を使うのはダメなんですよね。教科書の作成者はそういうことも考えながら教材のコンテンツを選ばなければならないし、漢字の読み書きを習得させることが必要なので、ページの余白をできるだけ少なくして、文字数の多い散文で埋めないともったいないと考えるんじゃないでしょうか。もしかしたらそういう、とても現実的な教育上の制約も、韓国と日本の詩の読まれ方のちがいに関係しているのでは……。

きむ　ハングルの読み書きは小学校一年生で終わりますので、あとは自由に教材を選ぶことができます。文字数からいうと、たいていの教科書は文字がぎっしりですよね。いまはだいぶ変わったとは思いますが、そんな教科書をめくって余白たっぷりの詩が出ると、すごく心が落ち着くというか、ほっとしたことを覚えています。授業がつまらないときはそのページをじっと眺めたりもしました。

斎藤　文学との出会いはやはり最初は教科書ですよね。子どもたちは教科書で興味を持って、自分で探して読むようになる。だからふなさんがおっしゃったように、韓国人が特別にエモーショナルな民族だから詩という形式を愛するというわけではないのかもしれない。

きむ　では、韓国でなぜこれほどまで教科書で詩を扱うのかと言われると、話が最初に戻ってしまいますね（笑）。やはりもともと歌が好きだから、短い文章の中に感情をこめるようなことが好きなのではないでしょうか。それに先ほども言ったように言葉の力、詩の力を信じている人が多い。詩の研究者も多いので、そういう人たちが教育現場で詩は重要だから、と子どもたちに教えるようにしているのかもしれません。

斎藤　そうですね。日本の教科書に出ている詩の数は、韓国に比べてずいぶん少ないと思います。それに、現場の先生方に聞くと、国語教育がどんどん実用主義中心になってきて、文学からは遠ざかっているということなので、学校で多様な詩に出会うチャンスはもっと減ってしまうのかな。

詩人ハン・ガンについて

きむ　ハン・ガンは一九七〇年生まれ、一九九三年に季刊誌『文学と社会』で詩人としてデビューしています。

この詩集には彼女がその後二十年間に書いた詩が収められています。詩集の目次を見ると、連作「夜の素描」が二、三、五部に入っていますね。作品が書かれた順番ではなく直感で構成されているのでしょう。それでも、おおおむね執筆の年代を遡るかたちで本の最後の五部がいちばん古い二十代の頃に書かれた作品だと思います。五部にある「ソウルの冬12」（本書一六〇頁）、「明け方」（本書一四四頁）、「六月」（本書一五七頁）がハン・ガンのデビュー作。次の年から小説を書きはじめていて完全に小説家になったので、公表されたのは数編しかありません。そして「ソウルの冬」を実際に読んだ人は多くはなかったでしょう。でもハン・ガンはずっと詩を書いていました。

斎藤　だからハン・ガンにとっての詩は本当に「引き出しにしまっておいた」もの、大事にしているジャンルなんでしょうね。

きむ　同世代の小説家のキム・ヨンス[27]もパク・ミンギュ[28]も詩でデビューしていて、韓国の文学青年たちは最初に詩を書くことが多いですね。けれどもいまは現実的に詩だけを書いて生活をしていくことは難しいし、詩では表現しきれないものがある。小説のほうが言葉を届けやすい時代になったとも言えます。

だからハン・ガンがデビューから二十年も経った二〇一三年にはじめての詩集を出したとき、韓国の読者はけっこう驚いたと思います。

斎藤　「引き出しに夕方をしまっておいた」というタイトルもすごくいいな

と感じたのですけど、これは翻訳に困りましたね。

きむ　韓国語の原題にある「저녁《チョニョク》」を、私は「夕方」と訳しました。空にまだ青や赤、グレーなどの色彩が残っている時間だと思ったので。

斎藤　夕方と夜を両方さすような単語で、きれいな韓国語の言葉、漢字語ではない固有語ですよね。私は最初、引き出しの中の暗闇にしまうことや、リズムなどを考えて「夜」という端的な表現のほうがいいのかな、と思ったんです。タイトルでは特にリズムが重要ですから。日本語では「たそがれ」「夕暮れ」「夕べ」などいろいろな表現があるのですけど、どれもちょっと甘い感じがして。それでしばらく、「夜」で進行していたんですよね。でもやっぱりずっと気になっていて、夜そのものではなく、その前の時間だということに大きな意味があるんだと考え直して、ふなさんと相談して「夕方」に変えさせてもらいました。

きむ　この詩集には「저녁」という単語がくりかえし出るので、そのたびに「これは何時ぐらいのことなんだろう」と話し合いましたね。

斎藤　「저녁」を訳しにくいのは、日本人にはこれが具体的に何時頃なのかがわかりづらいときがあるからです。すべて「夕方」と訳すと、不自然な

日本語になることも多いです。もちろん、ケースバイケースではあるんですが。また、時間を表すだけでなく、「夕ごはん」という意味もあるので、この言葉の持つイメージの幅は広いですね……。日本で夕方というと完全に暗くなっていない、まだ光が少しある時間。午後の八時ぐらいになって真っ暗になったら夜かな。韓国語では午後八時頃も「저녁」ですよね。

きむ　日本語の「夕方」は「저녁」よりも時間の範囲が短いように思います。だから翻訳すると少し落ち着きがない。この本の最初の詩「ある夕方遅く　私は」（本書十三頁）の韓国語の原文にも同じ「저녁」という単語が使われていますが、こちらは悩むことなく「夕方」にしました。夕ごはんを食べる時間としては遅い時間ということですね。それが三部のタイトル「夜の葉」などでは、「夜」としています。同じ単語について最初の場面である訳語を選んでも、次の場面でそのまま同じ訳語を使ってよいかというと、ちょっとちがうことがあります。「明け方／새벽《セビョク》」という単語もよく出てきますが、これもふたりで「何時頃だろう」と（笑）。

斎藤　ハン・ガンの詩で「時間」は重要なテーマですよね。とくに暗くなる前とか明るくなる前とか、何かの前の時間を大事にしています。何かの前を含んだ時間を引き出しに入れる、ということでしょうか。

きむ　どれもとてもシンプルな単語なんですけどね。詩は使われる文字の数が限られている分、ひとつひとつの言葉に込められた重みがちがうんですね。

斎藤　私もあらためて、ひとつの単語の持つ重さと広さについて考えることになりました。もうひとつ、「ごはん」も大事な言葉です。「ある夕方遅く　私は」という最初の詩には彼女のすべてが出ていると思います。翻訳する前にこの詩集を読んで、全体的に痛みを感じるような印象があったのですけど、あらためてはじめの作品のページを開いて「ごはんを食べなくちゃ」という一行を見て、「ああ、健康だ」と（笑）。

これまでハン・ガンの小説を翻訳してきて「彼女の作品は美しくて繊細ですね」と言われることがよくあって、たしかに美しいんですけど、同時に力がある。繊細さだけではなく強さがある。その元にあるものがこの詩にあらわれています。

ハン・ガンはときどきごはんのことを書きます。『回復する人間』（斎藤真理子訳、白水社、二〇一九）の「明るくなる前に」という作品に、病気の宣告を受けてからちゃんと自分でごはんを作って食べなければいけないと思う女性が出てきて、小説の中にメニューも書かれている。そういう説明を要所要所にちょっと入れることで、コンスタントに自分の生活を続けていくことの強さが表現されていると思います。

共に訳し、共に読む愉しみ

きむ　小説の翻訳では、共訳をすることがよくあります。たとえば短編集であれば、私が何章を担当して、斎藤さんが何章を担当するということができます。今回の詩集の翻訳の場合はここからここまでを分担するということはなくて、ふたりともこの本の最初から最後まで何回も読み込んで、まるごと訳して相談をするということをしました。こうした作業こそ、まさに「共訳」だなと思いました。言葉の行き来によっておもしろい化学反応も起きて愉しかったです。

斎藤　行ったり来たりして結局、元の表現に戻ることもありましたしね。

きむ　具体的には、電子メールのやりとりで原稿のテキストデータにコメントを書き合うかたちで進めました。私の場合は、できるだけ原文に忠実に翻訳して、難しいところは、話し合いができるようにひとつの訳語の後ろのかっこ内にいくつかほかの訳語を入れたりして、そこに斎藤さんが意見を書いて、そのあとまた私が訳を見直して、というのを三往復ぐらいしましたね。

斎藤　翻訳中はちょうど新型コロナウイルスの感染流行の時期に重なって、外出をして直接会って相談をすることができなかったのですが、会話ではなくコメントを書くことで、お互いに考えを整理することができてよかったです。そうすることで本当に勉強になりましたし、励まされました。私はひとりで韓国語の詩の翻訳はできないから。

きむ　私もできないと思って（笑）。というのは、ハン・ガンの書く詩語はけっして難しいわけではないのですが、私が心配だったのは重層的な詩語の選択や日本語のリズムなど……、すると全部ですね（笑）。だから詩人でもある斎藤さんにぜひとも共訳したいとお願いをしました。斎藤さんが一九九三年に韓国で刊行された詩集『入国』を記憶している韓国の作家は少なくありません。ウン・ヒギョン[29]の短編集『他のすべての雪片ととてもよ

く似たただひとつの雪片』は斎藤さんの詩「吹雪」からとっています。『入国』は、二〇一八年に『ただひとつの雪片／단 하나의 눈송이』とタイトルを変えて出版され、新たに注目されているんです。

　ただハン・ガンは小説を書く作家でもあるから、ほかの詩人の作品に比べればリズム以上に伝えたいことがあるのだとは思います。

斎藤　私の本のことは置いておいて（笑）、金素雲《キムソウン》[30]が詩の翻訳について日本語で講義をしたものが活字になっていて、「縫い目を一つ一つ解きほぐして、もう一度仕立て直す――これが詩の翻訳だと私は考えています」と言うんです。「韓国語のボタン穴に日本語のボタンははまらない」というような意味のことも言っています（『こころの壁』サイマル出版会、一九八二）。着物をそのまま引っ張ってきて少し直すだけではダメ、これがものすごく大事だと思います。

　解きほぐすことのほうが難しいんですよね、縫って仕立てることよりも。ストーリーがある作品だったらそれに沿って解釈できることも、詩として言葉が独立するかたちだと「あれ?」と思って解きほぐせないところがいっぱいあったんです。だから、ふなさんにさんざん質問をしてね。

きむ　よく聞く話ではありますが、私は文学作品の解釈って正解があるわけではなくて、読む人の自由だと思います。とくに詩は一回読んで全部わかるものでもないですし、二回、三回と読んである日ふと思い出す言葉があればそれでいいのでは、と。

斎藤　おっしゃる通りで、ひとりの詩人の詩集を読んでも全部わかるということはなくて、読んでいて「あ、いま、何か来た」と思える一編があれば、もしかしたらそれでも十分というか、小説を読み終えて「すごかったな」と思い返すのとはちがう、瞬発力があり、凝縮された魅力が詩にはありますよね。極端な話、一行でもそういうものがあればいい。この詩集は「来る」ものがかなり多かったです。

きむ　ハン・ガンの作品はデビュー作から最近のものまで、あまり変わっていませんね。

斎藤　たしかにキーになるイメージは変わらない。ハン・ガンの作品にはたびたび「鳥」が出てくるんです。『すべての、白いものたちの』（斎藤真理子訳、河出書房新社、二〇一八）にも鳥がやって来て自分の頭のうえに止まるとか。

きむ　鳥、それから木、石、風、雪……。

斎藤　そうなんですよね。古代から人間が知っているもの、それを扱ってこんなに新たなイメージの世界を喚起するというのは、ハン・ガンはすごい感覚を持っている作家だと思います。

この詩集の中で、私は「明け方に聞いた歌 2」（本書二十八頁）という作品の「木」が好きかな。「いつも木は私のかたわらで／空と／私をつなげてくれて」というこのあたりの行を読むと、木のイメージには両面があって、彼女はいろいろなものの光と影をかならず両方見ていることがわかる。そのうえで、ひとつの作品の中で両方を無理に出してバランスを取ろうとはしないところがよいな、と思います。

きむ　私はいろいろありますが、「序詩」（本書一五四頁）あたりが好きです。彼女が二十代の頃、詩人を目指して、詩人でいたいという気持ちがいちばん強い時期の作品だと思います。言葉遣いがわかりやすいですし、リズムがありますね。詩らしい詩として「回復期の歌」（本書九十二頁）もよかったです。

斎藤　光州事件をテーマにした『少年が来る』（井手俊作訳、クオン、二〇一六）が典型だと思いますけど、ハン・ガンは小説ではいろいろな声を使うことが上手です。それに比べると、詩では作家本人のひとつの声が一貫して響いている。そういう意味では、この本には彼女の文学の多面的な声の世界の原点があるのかもしれませんね。

きむ　『菜食主義者』（きむ ふな訳、クォン、二〇一一）をはじめ、ハン・ガン作品の登場人物はみな苦痛の中にいます。その苦痛は人物たちの肉体的な痛みというわかりやすい感覚で描かれることが多いですね。日常の生活に不慣れな人物たちの敏感で繊細な心は傷つきやすく、そんな苦痛を覚えながら生きていかなければならないことに羞恥を感じることもある。そのため『菜食主義者』の主人公ヨンへのように自分の身体を破壊してしまうといった、極端な姿を見せたりもします。苦痛のはっきりした理由が語られていないこともあるので、簡単に説明するのは難しいですね。

詩「回復期の歌」の中に「生きていくとは何だろう」という問いがありますが、時間をはじめとする存在の消滅、歴史や社会、他者または自分自身とのあいだの亀裂など、とても根源的なものだと思います。その問いに対する省察がハン・ガンにとってはすさまじい戦いのようだとしばしば感じます。「そのとき」（本書九十三頁）という詩に「まぶたに、腹の上に、青い痣ができた」という表現がありますが、精神に「青い痣」がたくさんできたであろう彼女のことが心配になるほどです。

そのようなハン・ガンという作家は、詩によって支えられていると言えるかもしれません。小説の言葉は読者に届けることを前提にしていますが、詩の言葉は、彼女のもっと内密な自分自身の声に正直なものですね。詩を書くことで心身のバランスや問いを直視し続ける力を回復していく、それは読む側も同じだと思いました。

斎藤　「回復」はハン・ガンの大きなテーマですが、回復って、気づいたら実現しているものだと思います。私は「マーク・ロスコと私２」（本書二十二頁）の「染み込んでくるもの／滲んでくるもの」というリフレインが好きで、また、この詩の最後の部分、「たった今／稲妻が走る雲を／通り抜けてきた鳥のように」という光景がとても印象的だと思います。

鳥もそこを通過しているときは、自分が何を通過しているのかわからないんじゃないでしょうか。ハン・ガンの詩は読んでいるこちらにじわじわ染み込んできて、染み込んだときにはよくわからないのですが、あとで気づいてみると、ひとつひとつの言葉が自分の記憶に触れて、回復の過程に導いてくれているようなんです。ハン・ガンの言葉が染み込んでくる過程を、焦らずにじっくり味わってほしいと思っています。もし、すぐにわからなくても、徐々に染み込んで滲んでくる過程で、何度でも発見があるのではないでしょうか。

1 **金洙暎《キムスヨン》**（一九二一～一九六八）　植民地下の朝鮮から日本に留学し、満州に渡る。解放後の朝鮮戦争時に韓国の巨済島《コジェド》捕虜収容所で抑留された体験や、一九六〇年の四・一九学生革命を経て、自由を求める「民衆詩人」として活躍。交通事故により死亡した。邦訳書に『金洙暎詩集――巨大な根』（姜舜訳、梨花書房、一九七八）、『金洙暎全詩集』（韓龍茂・尹大辰訳、彩流社、二〇〇九）など。

2 **申庚林《シンギョンニム》**（一九三六～）　一九七三年に刊行した最初の詩集『農舞』によって韓国現代詩の世界に「民衆詩」の時代を開き、七〇年代以降の文壇の自由実践運動、民主化運動で重要な役割を果たした。邦訳書に『申庚林詩集――農舞』（姜舜訳、梨花書房、一九七七）、『ラクダに乗って――申庚林詩選集』（吉川凪訳、クオン、二〇一二）、『酔うために飲むのではないからマッコリはゆっくり味わう』（谷川俊太郎との共著、吉川凪訳、クオン、二〇一五）など。

3 **金芝河《キムジハ》**（一九四一～二〇二二）　一九七〇年、朴正熙《パクチョンヒ》大統領の軍事政権下で、不正腐敗の主犯を「五賊」と規定した長編風刺詩を発表し、反共法違反容疑で逮捕。釈放後に政府批判の言論活動によりふたたび逮捕され、死刑判決を受けた（のち無期懲役に減刑、釈放された）。韓国の民主化運動を象徴する「抵抗詩人」として知られる。邦訳書に『金芝河詩集』（姜舜訳、青木書店、一九七四）、『不帰――金芝河作品集』（李恢成訳、中央公論社、一九七五）、『飯・活人』（高崎宗司・中野宣子編訳、御茶の水書房、一九八九）、『金芝河 生を語る――談論』（高正子訳、協同図書サービス、一九九五）、『傷痕に咲いた花』（金丙鎭訳、毎日新聞社、二〇〇四）など多数。

4 **梁性佑《ヤンソンウ》**（一九四三～）　詩人。邦訳書に『冬の共和国――詩集』（姜舜訳、皓星社、一九七八）など。

5 **金南柱**《キムナムジュ》（一九四六〜一九九四）　詩人。邦訳書に『農夫の夜——金南柱詩集』（金南柱詩集「農夫の夜」刊行会編訳、凱風社、一九八七）。

6 **マフムード・ダルウィーシュ**（一九四一〜二〇〇八）　世界的に知られるパレスチナの詩人。中東ガラリア地方に生まれたが、一九四八年のイスラエル建国により故郷を喪失。イスラエル領内でアラブ・パレスチナ人の民族意識を主張する抵抗詩人として活動するが、政治弾圧を受けて一九七一年から二十年以上、海外での亡命生活を送り、新しい表現を追求し続けた。邦訳書に『壁に描く』（四方田犬彦訳、書肆山田、二〇〇六）など。

7 **全斗煥**《チョンドゥファン》（一九三一〜二〇二一）　韓国の軍人、政治家、第十一〜十二代大統領（在任期間、一九八〇〜一九八八）。

8 **朴南喆**《パクナムチョル》（一九五三〜二〇一四）　詩人。一九八〇年代、従来の詩の形式や内容を打ち壊す「解体詩」の先駆けとなった。

9 **光州事件**　一九八〇年五月に全羅南道《チョルラナムド》光州《クァンジュ》市で起こった、民主化を求める学生や市民の蜂起と、それに対する軍部の武力鎮圧の総称。韓国では徹底的に報道管制が敷かれ、事件についてのタブーが解かれたのは一九八七年の民主化宣言以降で、事件に関連して全斗煥と盧《ノ》泰愚《テウ》の二人の元大統領にも法廷で実刑判決が下された。

10 **鄭玄宗**《チョンヒョンジョン》（一九三九〜）　詩人。一九七二年の初詩集『事物の夢』（未訳）などでは観念的な詩を、近年は具体的な生命への共感を表現する詩を発表している。

11 **黄東奎**《ファンドンギュ》（一九三八〜）　詩人。体制の批判や死に対する探究などを洗練された感受性と知性をもって表現する。詩集に『悲歌』（未訳）など。茨木のり子訳編『韓国現代詩選』（花神社、一九九〇）に作品が掲載されている。

12 朴正熙《パクチョンヒ》（一九一七～一九七九） 韓国の軍人、政治家、第五～九代大統領（在任期間、一九六三～一九七九）。

13 鄭浩承《チョンホスン》（一九五〇～） 詩人。政治・経済的に疎外された人びとに対する愛情を悲しくも温かい詩語で紡ぐ。邦訳書に『ソウルのイエス──鄭浩承詩選集』（韓成禮訳、本多企画、二〇〇八）など。

14 李海仁《イヘイン》（一九四五～） 韓国のカトリック・ベネディクト会修道女、詩人。邦訳書に『小さな慰め──李海仁詩集』（加藤清光・朴載燮訳、フリープレス、二〇〇四）など。茨木のり子訳編『韓国現代詩選』（花神社、一九九〇）に作品が掲載されている。

15 黄芝雨《ファンジウ》（一九五二～） 実験的で前衛的な技法をもって風刺と否定の精神、それに伴う悲しみを表現する詩人。詩集に『鳥たちさえこの世界から飛び去る』（未訳）など。

16 金初蕙《キムチョヘ》（一九四三～） 詩人。清らかで鋭い詩語を特徴とし、愛の連作詩『サラン・クッ』（全三巻、未訳）は百万部のベストセラーとなる。

17 文貞姫《ムンジョンヒ》（一九四七～） 一九六九年にデビューして以来、韓国現代詩において女性の表現の先駆けをなしてきた詩人。邦訳書に『今、バラを摘め──文貞姫詩集』（韓成禮訳、思潮社、二〇一六）。

18 チェ・ヨンミ（崔泳美、一九六一～） 一九八〇年代を経験した若者たちの傷痕や孤独、都会的な感覚で高らかに女性としての性表現を詠った第一詩集『三十、宴は終わった』がベストセラーになった。邦訳書に『三十、宴は終わった──チェ・ヨンミ選詩集』（韓成禮訳、書肆青樹社、二〇〇五）

19 白石《ペクソク》（一九一二～一九九五？） 一九三〇年代、植民地下の朝鮮で活躍した詩人。解放後は故郷の朝鮮北部で暮らしたため、韓国では長いあいだ忘れられた存在だったが、一九八七年の民主化後にその作品への関心が高まった。邦訳書に『白石詩集』（青柳優子訳、岩波書店、二〇一二）など。

20 **鄭芝溶**《チョンジヨン》（一九〇二〜一九五〇？）　一九二三年から日本の同志社大学に留学し、北原白秋に私淑。母語の朝鮮語で書いた『鄭芝溶詩集』が当時の詩壇に影響力を与えたが、朝鮮戦争中に行方不明になり死亡したと言われる。韓国では「越北作家」とされ、作品は長らく発禁処分を受けていた。邦訳書に『むくいぬ――鄭芝溶詩選集』（吉川凪訳、クオン、二〇二一）など。

21 **奇亨度**《キヒョンド》（一九六〇〜一九八九）　二十九歳で夭逝した詩人。遺稿集である『口の中の黒い葉――奇亨度詩集』（未訳）は若者に絶大な人気があった。

22 **チョン・イヒョン**（鄭梨賢、一九七二〜）　作家。邦訳書に『マイスウィートソウル』（清水由希子訳、講談社、二〇〇七）、『優しい暴力の時代』（斎藤真理子訳、河出書房新社、二〇二〇）、『きみは知らない』（橋本智保訳、新泉社、二〇二一）など。

23 **崔勝鎬**《チェスンホ》（一九五四〜）　詩人。邦訳書に『氷の自叙伝――崔勝鎬詩集』（韓成禮編訳、思潮社、二〇一三）。

24 **崔勝子**《チェスンジャ》（一九五二〜）　人生の絶望を突きつめる詩人。生を肯定するために世界を徹底的に否定する詩は「方法論的な絶望」とも評される。詩集に『この時代の愛』（未訳）など。

25 **姜恩喬**《カンウンギョ》（一九四五〜）　詩人。詩集に『虚無集』（未訳）など。茨木のり子訳編『韓国現代詩選』（花神社、一九九〇）に作品が掲載されている。

26 **呉圭原**《オギュウォン》（一九四一〜二〇〇七）　詩人。邦訳書に『私の頭の中まで入ってきた泥棒――呉圭原詩選集』（吉川凪訳、クオン、二〇二〇）。茨木のり子訳編『韓国現代詩選』（花神社、一九九〇）に作品が掲載されている。

27 **キム・ヨンス**（金衍洙、一九七〇〜）　作家。邦訳書に『世界の果て、彼女』（呉永雅訳、クオン、二〇一四）、『ワンダーボーイ』（きむ ふな訳、クオン、二〇一六）、『夜は歌う』（橋本智保訳、新泉社、二〇二〇）、『ぼくは幽霊作家です』（橋本智保訳、新泉社、二〇二〇）、『四月のミ、七月のソ』（松岡雄太訳、駿河台出版社、二〇二一）、『ニューヨーク製菓店』（崔真碩訳、クオン、二〇二一）など。

28 **パク・ミンギュ**（朴玟奎、一九六八〜）　作家。邦訳書に『カステラ』（ヒョン・ジェフン、斎藤真理子訳、クレイン、二〇一四）、『亡き王女のためのパヴァーヌ』（吉原育子訳、クオン、二〇一五）、『ピンポン』（斎藤真理子訳、白水社、二〇一七）、『三美スーパースターズ 最後のファンクラブ』（斎藤真理子訳、晶文社、二〇一七）、『ダブル――短篇集』サイドA・B（斎藤真理子訳、筑摩書房、二〇一九）など。

29 **ウン・ヒギョン**（殷熙耕、一九五九〜）　作家。邦訳書に『美しさが僕をさげすむ』（呉永雅訳、クオン、二〇一三）、『鳥のおくりもの』（橋本智保訳、段々社、二〇一九）など。

30 **金《キム》素雲《ソウン》**（一九〇七〜一九八一）　詩人、随筆家、翻訳家。韓日を行き来しながら優れた翻訳と著作を残した。編訳書に『朝鮮詩集』（岩波文庫、一九五四）、『ネギをうえた人――朝鮮民話選 新版』（岩波少年文庫、二〇〇一）など、著書に『三韓昔がたり』（講談社学術文庫、一九八五）、『朝鮮史譚』（講談社学術文庫、一九八六）、『天の涯に生くるとも』（講談社学術文庫、一九八九）など多数。

著者　ハン・ガン（韓江）

1970年、韓国・光州生まれ。延世大学国文学科卒業。

1993年、季刊『文学と社会』に詩を発表し、翌年ソウル新聞の新春文芸に短編小説「赤い碇」が当選し作家としてデビューする。

2005年に中編「蒙古斑」で李箱文学賞を、同作を含む3つの中編小説をまとめた『菜食主義者』で2016年にマン・ブッカー国際賞を受賞。邦訳に『菜食主義者』『少年が来る』『そっと 静かに』『ギリシャ語の時間』『すべての、白いものたちの』『回復する人間』『別れを告げない』などがある。

2024年にノーベル文学賞を受賞した。

訳者　きむ ふな

韓国生まれ。訳書にハン・ガン『菜食主義者』、キム・エラン『どきどき僕の人生』、キム・ヨンス『ワンダーボーイ』、ピョン・ヘヨン『アオイガーデン』、シン・ギョンスク『オルガンのあった場所』（以上クオン）、孔枝泳《コンジヨン》『愛のあとにくるもの』（幻冬舎）など。著書に『在日朝鮮人女性文学論』（作品社）がある。韓国語訳書の津島佑子『笑いオオカミ』にて板雨翻訳賞を受賞。

訳者　斎藤真理子

新潟生まれ。訳書にパク・ミンギュ『カステラ』（ヒョン・ジェフンとの共訳、クレイン）、チョ・セヒ『こびとが打ち上げた小さなボール』（河出書房新社）、チョン・セラン『フィフティ・ピープル』（亜紀書房）、チョ・ナムジュ『82年生まれ、キム・ジヨン』（筑摩書房）、ハン・ガン『ギリシャ語の時間』（晶文社）、同『すべての、白いものたちの』（河出書房新社）、同『回復する人間』（白水社）、チョ・ナムジュ他『ヒョンナムオッパへ』（白水社）など。『カステラ』で第1回日本翻訳大賞、『ヒョンナムオッパへ』で韓国文学翻訳賞（韓国文学翻訳院主催）を受賞。

引《ひ》き出《だ》しに夕方《ゆうがた》をしまっておいた

2022年6月30日　初版第1刷発行
2024年11月27日　　第3刷発行

著者　ハン・ガン（韓江）
訳者　きむ ふな、斎藤真理子
編集　アサノタカオ
校正　嶋田有里
ブックデザイン　松岡里美（gocoro）
印刷　大盛印刷株式会社

発行人　永田金司　金承福
発行所　株式会社クオン
〒101-0051
東京都千代田区神田神保町1-7-3 三光堂ビル3階
電話　03-5244-5426
FAX　03-5244-5428
URL　https://www.cuon.jp/

ISBN 978-4-910214-28-3　C0098

『引き出しに夕方をしまっておいた』
著者朗読（韓国語）

「ある夕方遅く　私は」

「マーク・ロスコと私——二月の死」

「静かな日々2」

「夏の日は過ぎゆく」

「鏡のむこうの冬2」

https://cuon.jp